句集

ゴールデンウィーク

西山ゆりこ

朔出版

序句

一集を編み終へて切るメロンかな

西山　睦

句集　ゴールデンウィーク　目次

装丁　奥村靫正／ＴＳＴＪ
装画　西山直樹

句集　ゴールデンウィーク

Ⅰ　前髪

入門前〜平成二十年（２００８）

入門前～平成九年（1997）

前髪が木枯の道記憶せり

君と来た冬とは違ふ豹の檻

汗ばみし体重すべて吊革に
冷房の音が無言を引き立つる

平成十年（１９９８）

すごろくのまた転職に止まる駒

目に見えぬものを迎へに花筏

春の闇空気の一人分動き

うららかに雑魚寝してゐる味醂乾し

駆け回る子に夏帽で蓋をする

汗だくのアーリオ・オーリオ・ペペロンチーノ

スターバックスカフェにプールの待ち合はせ
全身に焚火の匂ひさせ遅刻

十二月の運を立ち読む待ち合はせ

短日の尽きぬ階段上りゆき

雪原は静止し雲は早送り

平成十六年（２００４）

葉桜や象のはちきれさうな檻

脱ぎたての酸つぱき匂ひ蛇の衣

ゑのころの中に犬小屋捨てられて

寒鳥矢のやうに亡霊のやうに

指先でつつけばすべて芽吹きさう

平成十七年（2005）

龍天に登り地上に刃物売る

切り口の水の止まらぬ春の蕗

耳掻を家族でまはしあたたかし

子雀の求むる声の沸点に

朝寝して旅の終はりを先のばし

桜咲く六千百の絶滅種

逃げ水を追ひ抜いてやる勢ひで

菖蒲湯のほてりの残るウヰスキー

どくだみの瓶に挿されて花となる

蜘蛛の屍の最後の糸の先にあり

カルピスの瓶を真中に麻座布団

怒りにも表面張力髪洗ふ

こめかみに背中に汗をかいて泣く
七夕の寝台列車に揺られをり

スカートを穿いてきたのよ金木犀

雨音に眠り金木犀に覚め

十二月最終列車のアナウンス

まつすぐにペーパーナイフ冬の月

平成十八年（2006）

名も知らぬ花の髪どめ旧正月

春燈を消して雨音背中まで

花筵やがて体の慣れてきし

一晩に庭のふくらむ夏隣

手に探る硬貨ひやりとして立夏

時の日の合はせ鏡の中に居て

滴らず引かず太極拳の汗

日焼け止め塗りつつ明確な返事

真つ白な陶器のスプーン夜のゼリー

蠅取り紙蠅を捕へて回転す

明けてゆく空のかたすみ誘蛾灯

正直に言つて涼しくなりにけり

台風の雲間にひとかけらの青よ

こめかみにトンボ鉛筆秋日和

龍淵に潜む片つぽ靴の浮き

唐辛子懸垂をして赤くなる

秋蝶を目で追つてゐる生返事

稲刈つて顎を最後に立ち上がる

雁瘡に時々触れて書き続く

木の葉蝶木の葉に変はる雨の夜

平成十九年（2007）

春の夢遠くの人に会ひに行く

クローバー蹴つて静かに船を出す

雀の子抱く心音のあるところ

藤の花船より船へ酒を売る

納税期甘納豆のやめられぬ

先まはりして逃げられて鳥の恋

虹が立つ旅鞄にはワンピース

人込みを鰹一本通り抜け

球拾ひ休む間のなし麦の秋

草笛のまつすぐ響き海あをあを

水中花一円五円まぜて買ふ

まだ誰も帰つてをらず昼寝覚

秋深し枕に残る頭のかたち

手袋をはづしてもまだ眠い指

綿虫や村の丸ごと留守であり

湖へ連なつて行く掛大根

貘の糞貘のかたちや冬日向

平成二十年（２００８）

ぢいさまと呼ばれながらも恋の猫

スロットを黙々と打ち落第子

かたはらの犬にも水を植木市

花筏ショールの如くすべり落つ

逃げ水に踏み台を置く献血車

頰ふたつ寄り合ふやうに落椿

とつぷりと暮れてゐるなり春炬燵

紙コップに声のくぐもる花筵

鉄の味するまで駆けて野に遊ぶ

ほととぎす眼科の暗き部屋の中

歩む間に雨具の乾く遠郭公

デッサンの狂へる絵のやうな暑さ

息つぎのたびちぎれ雲見て泳ぎ

耳ほどの水たまりへと小鳥来る

隙間風潮の匂ひに変はりけり

まつすぐに立つてゐられぬ寒さかな

セーターに閉ぢこめられてゐる子供

Ⅱ　ラッシュアワー

平成二十一年（2009）～二十四年（2012）

平成二十一年（2009）

あたたかし背中に当てられてゐる手

松脂の香れる廊下夏兆す

空豆やギリシアの塩をひとつまみ

天上の一点見つめ浮いて来い

ものかげに山羊の仔生るる星祭

だまし絵を抜け出して来し秋の蝶

秋うらら東京駅のカツサンド

自習室革ジャンパーの動く音

江ノ電の近づいて来る日向ぼこ

枯菊をにぎりつぶしてゆく炎

シーソーを降りて地上の寒さかな

平成二十二年（2010）

早春の軍手の束を解くかな

種蒔いて日向の匂ひとなり戻る

残る寒さ木管に息少しづつ

「ゆ」の文字の浮かんでをりぬ春雨に
木星に似る蜂の巣の出来上がる

ひとつきり独身寮の葱坊主

鏡台にヘチマコロンを昭和の日

夏隣遠出してゐる豆腐売り

銀色の靴紐通す夏来たる

てのひらに全身が脈青とかげ

頭より沈んでゆけるハンモック

夏の雲ファラオの壁画みな働き

水槽の中の常夏遠き雷

頰杖や水母も句読点も丸

曼荼羅の詰まつてをりぬ石榴の実

引き払ふ部屋月光の箱となる

鏡台を暗くしてゐる吊るし柿

メガホンのよく通る声冬に入る

付箋紙にふくらむ一書山眠る

ゴムホース一本走る冬野中

膝掛けをくしやくしやにして笑ひけり

かたときも火を休ませず年用意

一斉に星を見上げて年忘れ

平成二十三年（２０１１）

人の輪を抜け読初の参考書

春寒の染み込んでゐるステンレス

ちらちらと夜景はうれん草ゆがく
呼吸より寝息に変はる春の闇

烏麦悪童のままサラリーマン
サングラス選り新しき顔を選る

すさまじや電話つながるまでの黙

白菜は日常の味旅終はる

人参のほかは灰色なる獣舎

再会に手袋の指ひらきゆく

寒晴や証明写真の小部屋出て

日向ぼこ琥珀の中の虫となり

平成二十四年（２０１２）

引き返すことなき淘汰鳥雲に

封をして履歴書薄し万愚節

四月来る水平線へ視線投げ

街路樹の芽へパソコンの起動音

地下鉄の春の光へ浮上せる

泥を吐く蜆のラッシュアワーかな

花吹雪校歌四番まで歌ふ

花筵まだよく知らぬ人とゐる

タクシーのメーターまぶし花疲れ

真っ青な空の迫って来る朝寝

部屋三つ作りしのみに蜂消ゆる

チューリップ満開フラミンゴ密集

家ぢゅうが午睡の中に花の雨

夕桜庭下駄のまま遠く来て

揚雲雀自由時間を持て余し

前山の一歩こちらへ来て五月

ゴールデンウィークありつたけのアクセサリー

若葉風ペンより流れ出る言葉

飲み干せるペットボトルをくしやと夏
追ひかけて欲しい緑の奥へ奥へ

孑孑や集中豪雨注意報

落し文旧姓少しづつ遠く

白シャツのはみ出してゐる回し飲み

手の力抜いて筒鳥よく聴こゆ

五月雨に遠く甚平鮫の槽

背中より水へ倒るる夏休み

野球ボール投げ返しつつ草を引く

前任の残してゆきし蠅叩き

空蟬の空蟬色の影のうへ

朝風呂のお湯のやはらか野分あと

チャーハンと手紙を置いて秋興へ

よそ行きをまだ脱がずゐる星月夜

穴惑ひ口開くことを試しゐる

鰯雲よりアナウンスの声響く

秋風をふたつに分けて鼻柱

初霜の自転車叩き起こし乗る

寒風を片目を閉ぢてやりすごす
どか雪のただ中にゐて水が欲し

Ⅲ　天瓜粉

平成二十五年（２０１３）～二十九年（２０１７）

平成二十五年（２０１３）

初炊ぎ遠くまで行くお弁当

パプリカの赤を包丁始かな

バレンタイン回る回るよティーカップ

春眠の底より笑ひかけむとす

割れるまで眺めて次のしゃぼん玉

男の力クレソンの水を切る

制服を着崩してゐる青嵐

水鉄砲まづ太陽を試し打ち

棕櫚の花肺のかたちにふくらみぬ

夏季休暇動く歩道のまだ続く

夜濯や一本の草浮かび来る

隅々へ水打つてある売家かな

Ｋ２より戻り来し人氷水

星涼し花瓶の水を取り替へて

胎内の水かたむけて髪洗ふ

焼き茄子の芯より水の匂ひかな

八月の転がつてゐるスニーカー

休暇明けサインボールが卓の上

墓石のどれもが真顔天高し

水筒のきゆつと響ける渡り鳥

風が散らすポテトチップス鰯雲

文化の日鳥籠に敷く新聞紙

夜食とる赤鉛筆を転がして
糊代のやうに砂浜百合鷗

金色のリボンのかかる十二月

野球部をずつと見てゐる日向ぼこ

ストーブの唸りの中に投票す

白菜を積み白菜の影を積む

炬燵より離れてゐたり反抗期

枯蔦を少しだけ引く負けてやる

感冒や眠りても眠りても夜
クロークへコートシャンデリアの眩し

平成二十六年（２０１４）

鳥雲に怒濤を映すヘルメット

ぶらぶらと買ふ草餅と文庫本

身の丈を越ゆるカンバス夏来たる

身籠りて心臓二つ熱帯夜

水かぶるやうにサンドレスをかぶる

二度吸つて登山の息となりにけり

遠くより訪ねてくれし白日傘

星祭バニラエッセンスひとふり

音殺し殺し夜学の扉をノック

一本を折つて進める芒原

黒髪に溺れて眠る湯ざめかな

数へ日の屋根裏部屋を降りて来ぬ

寒林や水を湛ふる赤子の目

平成二十七年（2015）

這ひ這ひの稚児をまたぐや納税期

筍やうすれてゆける蒙古斑

知らぬ子の声に乳張る青嵐

菖蒲風呂天井きれいに拭きあげて

宝鐸草急ぐ用事の何もなし

何するも手拭ひとつ青田風

草笛や誰かに出会ふまで鳴らし

日焼して芯から山の子となりぬ

白シャツにサッカーボールの跡ひとつ

天瓜粉百歳はぁと百年後

麦藁帽脱いで日曜日の終はる

遠ざかり光の粒となる祭

一匹目入る虫籠捧げ持つ

新涼やスピーカーより走者の名

走り出す前の足踏み秋の雲

運動会終はる白線鳩歩く

炎より土の匂へる門火かな

靴紐に汗の染み入る一遍忌

図書館の人の匂ひや冬隣

白障子午前の鳥と午後の鳥

号外にまなこ見開くマスクかな

蒲団干す今日いちにちを回さむと

新宿の夜明けをあとに紙懐炉

冬菜畑ここらの犬は顔見知り

煤逃げや劇場の闇やはらかく

梟や優しくはづす腕枕

平成二十八年（2016）

バスケットボールの固さ風光る

初蝶を見てより視界広がりぬ

春ショール嘘に気づいてゐないふり

人類に個人情報種案山子

涙目の子や蟻の巣をくづしゆき

どこからも逃げようとする浮いてこい
源五郎学校がまたひとつ減り

手も足もなすがままなり天瓜粉

夜濯に触れむとしたる背中の子

日の色とも影の色とも梅酒汲む

缶チューハイ女子寮のみな洗ひ髪

立ち呑みの背に触れさうな扇風機

サングラス取り糠床へひざまづく

学校を飛び出して来る羽抜鶏

口笛の短き返事半ズボン

日帰りの旅の始まり時計草

香水やタイムカードをさつさと切る

釣堀に分厚き本を抱へ来る

髪洗ふ悲しみのまだ湧いて来ず

歯を磨く朝顔と目を合はせつつ
無きはずの道見えて来る蝗取り

ジョギングの肘の驚く花薄

竜の玉静脈ほどに色付ける

平成二十九年（２０１７）

初桜帰宅ラッシュを軽くせり

夕暮の脱衣籠よりつくづくし

花筵岸辺へ辿りつくやうに
うぐひすの心臓を刺す近さかな

時の日やきらりきらりとボール落ち

昼寝より覚め手触りのある世界

かなぶんのどこかに再起動スイッチ

皆同じ色に日焼をして家族

汀女忌の担いで帰る米袋

七夕のダブルベッドにひとり寝る

句集　ゴールデンウィーク　畢

あとがき

二十歳より俳句を始めた。おかげで、時間が濃くなった。就職活動中も、夜遊びの時も、なんとなく頭の中に季語と五・七・五がついて来る。また、普段知り合うことのできない年代の方々と、句友としてたくさん交流が持てる。いいことづくし。

反面、仕事との両立に頭が痛い思いをしたり、自分の寂しさを言葉にして眺め、恐れ慄くこともあった。

気づけば四十歳。家庭を持ち、子供がいる。

このたび第一句集を編むこととなり、かつての自分の句を前に、「ああ！」と気づく。あの日々は、自由で寂しくて楽しくて、まさにゴールデンウィーク、ゴールドエクスペリエンスだったということに。タイトルにしようと思った。

ちょっと長いゴールデンウィークを終えた今、保育所の匂いのついたシャツを畳みながら、これはまた別の祭だろうかと思う。

皆様に少しでも楽しんでいただけたら幸いです。

句集を出すにあたって、惜しみない協力をいただいた師・西山睦、朔出版の鈴木忍氏をはじめ、周囲の皆様に感謝を申し上げます。

西山ゆりこ

二〇一七年夏

著者略歴

西山ゆりこ（にしやま　ゆりこ）

昭和 52 年　神奈川県に生まれる
日本女子体育短期大学舞踊専攻卒業
平成 15 年「駒草」入会　西山睦に師事
俳人協会会員

現住所　〒214-0032
神奈川県川崎市多摩区枡形一丁目二十一番地
明王台ハイツC204　上松方

句集　ゴールデンウィーク

2017年9月25日　初版発行

著　者　　西山ゆりこ

発行者　　鈴木　忍

発行所　　株式会社 朔《さく》出版
郵便番号173-0021
東京都板橋区弥生町49-12-501
電話　03-5926-4386
振替　00140-0-673315

印刷製本　中央精版印刷株式会社

ISBN978-4-908978-06-7　C0092